CONTES

RÊMOIS.

Il n'est cité que je préfère à Reims :
C'est l'ornement et l'honneur de la France,
Car, sans compter l'ampoule et les bons vins,
Charmants objets y sont en abondance.

LA FONTAINE.

PARIS,

FIRMIN DIDOT FRÈRES, RUE JACOB, Nº 24.
DELAUNAY, AU PALAIS-ROYAL.

M DCCC XXXVI.

CONTES.

TYPOGRAPHIE DE FIRMIN DIDOT FRÈRES.

CONTES RÉMOIS.

Il n'est cité que je préfère à Reims :
C'est l'ornement et l'honneur de la France,
Car, sans compter l'ampoule et les bons vins,
Charmants objets y sont en abondance.

LA FONTAINE.

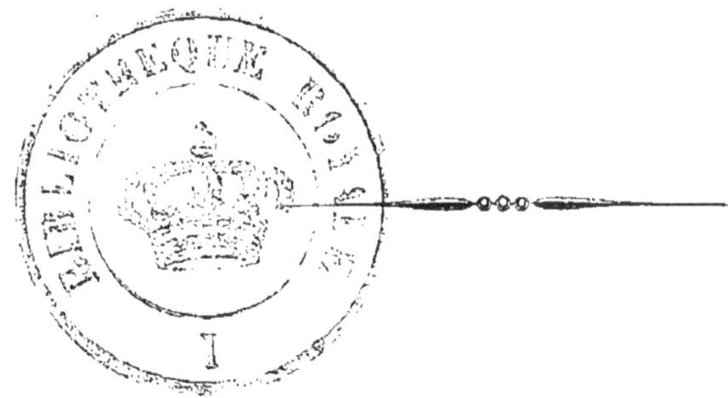

PARIS,

FIRMIN DIDOT FRÈRES, RUE JACOB, N° 24.

DELAUNAY, AU PALAIS-ROYAL.

M DCCC XXXVI.

CONTES.

I.

Les Inconvénients
du Repentir.

Un villageois, pour régir sa maison,
Prit femme jeune et servante fort sage,
Belle pourtant : Marie était son nom.
La paix régnait au sein de son ménage.

Époux lecteur, la paix en mariage,
Vous le savez, suffit pour rendre heureux.
Il l'était donc avant d'être amoureux
Comme Abraham de servante jolie.
Las de pain blanc, au pain bis de Marie
Il veut toucher comme plus savoureux ;
Mais celle-ci que l'époux contrarie
Et pousse à bout, vient d'un air affligé,
Son paquet fait, demander son congé.
La femme dit : « Êtes-vous folle ou sage
De nous quitter? et pour quelle raison ?
Ne suis-je pas facile en ma maison ?
Désirez-vous, ma fille, un plus fort gage ?
Soit, trente écus avec votre visage
Pourront un jour tenter quelque garçon.
Mais vous pleurez : allons, soyez sincère,
Sur ce départ, Marie, expliquez-vous.
— Vous l'ordonnez, je ne puis plus me taire,

Répond Marie : eh bien, c'est votre époux

Qui veut de moi ce soir un rendez-vous.

Plutôt mourir que de faire à Madame

Un pareil tort. — C'est bien, lui dit la femme,

Je vous estime, et mon cœur outragé

Veut par vous-même être aujourd'hui vengé.

Allez de suite à cet époux étrange

Dire en secret que votre cœur changé,

Pardon sonnant, l'attendra dans la grange.

— Mais quoi, Madame, y faudra-t-il aller?

— Auparavant vous viendrez me parler. »

La jeune fille à l'époux avec grâce

Ayant tout dit, est bientôt de retour.

Lui, tout joyeux, ne tenant plus en place,

Va jusqu'au soir promener son amour.

Chemin faisant, Marie offre à sa vue

Mille beautés dont il fait la revue;

A son esprit se présente à son tour

Sa femme aussi de mille attraits pourvue.

Le repentir vient frapper à son cœur,

Il le reçoit, et content de lui-même :

« J'allais, dit-il, d'une femme que j'aime

Pour un caprice exposer le bonheur.

Le rendez-vous maintenant m'embarrasse. »

Disant ces mots, Jean sur son cheval passe ;

Jean, de son maître en secret le rival,

Jeune, bien fait, gouvernait l'écurie.

Lors il l'appelle, et d'un ton amical :

« Voudrais-tu bien, Jean, épouser Marie ?

Va dans la Grange, et surtout ne dis mot,

Demain matin je compterai la dot. »

Le garçon part. L'autre à pas lents chemine

Vers sa maison. Mais seule en sa cuisine

Il voit Marie : « Eh quoi ! lui dit l'époux,

Était-ce ici qu'était le rendez-vous ?

Tu me trompais? — Moi, je suis dans la grange
Et de Monsieur j'attends une louange,
Répond Marie; allez plutôt y voir,
Vous y pourrez faire votre devoir
Avec Madame et calmer sa furie. »
A ce discours le mari stupéfait
Comme un trait part, frappe à la grange et crie :
« N'y touche pas, Jean, ce n'est point Marie.
— Marie ou non, lui répond Jean, c'est fait. »

II.

La Confession supprimée.

----•----

Le ciel sur nous en aveugle dispense
Maux et plaisirs; et trop souvent le mal
Dans le plateau fait pencher la balance;
Les plus heureux ont le partage égal.
Un bon curé du pays de sapience
Aimant le jeu, le vin et la bombance,

Et, sans parler de ses autres vertus,
Ne fréquentant que les gens bien vêtus,
Faisait un soir à sa servante accorte
Le compte exact des bons et mauvais mois :
« Marque les bons, Justine, avec tes doigts,
Moi les mauvais, et voyons qui l'emporte.
Janvier, dit-il, a par un jour heureux
Commencé l'an; il faudrait bien des peines
Pour l'effacer, c'est le jour des étrennes.
Je n'ai pas bu tout le cidre mousseux
Dont le voisin m'a donné cent bouteilles.
Ce matin-là Perrinette aux yeux bleus
Me dit : Curé, j'apporte les oreilles
De notre porc, et de plus un jambon
Que je vais pendre à votre cheminée.
Justine, allons, pour plus d'une raison
Tu dois marquer ce mois de bonne année.
Passons à l'autre ; il est loin du premier.

Le mal, le bien s'offrent dans février.
S'il a l'odeur des trois jours gras que j'aime,
Il est bientôt escorté du carême.
Pour être juste il nous le faut tous deux
Ne point compter et le laisser douteux.
Je voudrais bien que mars fut équivoque :
Pour un curé c'est la plus rude époque.
Oh ! quel ennui d'aller, dès le matin,
Malgré le froid, au travers d'une grille,
Pour écouter jusqu'au soir femme et fille
Disant sa coulpe et celle du prochain.
Dans ce saint mois chaque jour me chagrine,
Et pour lui seul je dois mettre deux doigts.
Mais c'est assez : il faut d'abord, Justine,
Tâcher de rendre heureux ce mauvais mois.
Voici venir ces longs jours de carême,
Temps de confesse et temps d'affliction ;
Ayons recours à quelque stratagème

Pour obliger la dévote elle-même
A renoncer à la confession. »

Dans ce dessein il monte un jour en chaire,
Et dit, après une courte prière :
« Mes chers enfants, l'homme, et par l'homme encor
J'entends la femme, est faible de nature ;
Dès que le diable est chez nous d'aventure
Pour nous tenter, nous cédons sans effort ;
De là péchés plus hideux que la mort :
Un seul suffit pour d'éternelles flammes.
Mais par bonheur, Dieu, l'ennemi du mal,
Pour les pécheurs a fait un tribunal
Qui peut d'un mot purifier les âmes.
Absous d'un vol, vous n'êtes plus voleur :
La jeune fille, hélas ! trop confiante,
Pleurant sa faute et son amant trompeur,
Court à confesse et devient innocente.

Mais pour jouir d'un bien si précieux
Mettons de l'ordre, et tout en ira mieux.
Je veux d'abord que la sainte semaine
Soit consacrée à cette œuvre chrétienne :
De plus, ces jours en nombre étant égaux
Aux sept péchés qu'on nomme capitaux,
Chaque péché dans l'ordre que l'Église
L'a désigné, doit seul avoir son jour,
Et tous les ans revenir à son tour ;
Suivez-moi bien de crainte de méprise.
Les orgueilleux seront absous lundi ;
Mardi l'envie ; il est bon que justice
Aux libertins soit faite mercredi ;
Jeudi viendra le tour de l'avarice ;
A nos gourmands il faut le vendredi ;
Pour la colère admettez samedi ;
Et le dimanche, une heure avant la messe,

Au tribunal j'attendrai la paresse. »
Là le curé terminant le sermon
Leur donne à tous sa bénédiction.

Le lundi saint de courir à confesse
Nul n'est tenté : car, qui voudrait tout haut
Dans son village accuser un défaut?
Si la dévote, au détour d'une rue,
Levant les yeux, aperçoit son pasteur,
Vite elle passe, et craint qu'on ne l'ait vu
Le jour d'envie avec son confesseur.
Le mercredi, le jour de la luxure,
C'était à qui fuirait loin de la cure.
Dans sa maison jeudi se tiendra Jean;
Jean l'économe a peur que l'on ne dise :
Voici l'avare, il se rend à l'église.
Nul n'est colère, et pas un n'est gourmand.

Ce bourg enfin n'avait plus aucun vice,
Il ne comptait pas même un paresseux.

Le bon curé vint par cet artifice
A bout de rendre un mauvais mois heureux.

III

Les Cinq Layettes.

L'ʜᴇᴜʀᴇᴜx pays que celui de Champagne !
Des vins exquis parfument la montagne,
Le peuple est bon, les maris point jaloux,
Et le beau sexe a le cœur aussi doux
Que les moutons qui peuplent la campagne.

Un Champenois, riche, et vivant aux champs,

Eut le malheur d'être veuf à trente ans.

De cet hymen il n'avait qu'une fille

Aux cheveux blonds, douce autant que gentille,

Blanche surtout, et Blanche était son nom.

Il entreprit son éducation,

Ne voulant point, dans sa tendresse extrême,

S'en rapporter à d'autres qu'à lui-même.

Après ses vins, ses blés et ses moutons,

Sa fille était son unique pensée.

Ce qu'il apprit à grand'peine au lycée,

Il l'enseignait à Blanche en ses leçons.

Il vint de là qu'à seize ans notre fille

Ne savait point se servir de l'aiguille;

Mais sur les champs, les troupeaux, les saisons,

On l'entendait, pour complaire à son père,

Parler latin comme Pline ou Vanière.

A dix-huit ans, après mûr examen,

Blanche étant riche en candeur, en science,

Le campagnard promit enfin sa main
Au fils aîné de son plus près voisin ,
Épris de Blanche et de son innocence.
Le soir du jour qui fixait leur destin ,
Le Champenois, à défaut de la mère,
Veut à sa fille expliquer un mystère
Cher à l'Amour encor plus qu'à l'Hymen :
« Venez, ma fille, il faut que je vous parle.
Dans votre lit ce soir entrera Charle.
Le ciel à l'homme a dit : Fais des enfants ;
A vous il dit par la voix de l'Église :
Femme, soyez à votre époux soumise.
Cette nuit donc dans ses bras caressants
Obéissez au mari qui vous aime,
Et je tiendrai sur les fonts de baptême
Le gros poupon qui dans neuf mois viendra.
Soyez docile et tout à bien ira. »

De la quitter à ces mots il s'excuse,
Et laisse au lit notre vierge confuse.
Le lendemain, à peine le soleil
Avait doré la couche d'hyménée
Que le père entre et court à son réveil
Revoir au lit notre jeune épousée :
« Je t'ai promis, dit-il en l'embrassant,
D'être parrain de ton premier enfant,
Faut-il bientôt commencer les emplettes?
— Oui, mon papa, dit Blanche en rougissant,
Mais, s'il vous plaît, commandez cinq layettes. »

IV.

Le Jeune Prince.

Un prince enfant aussi beau que le jour,

Tel aujourd'hui qu'on en voit à la cour,

Sous sa tutelle avait une volière

Où deux pigeons à la gent prisonnière

Soir et matin disaient : Faites l'amour.

Un jour le prince, étant seul, vers la cage

Portait la vue au moment qu'à leurs jeux

S'abandonnait notre couple amoureux ;

Au passe-temps qui n'est point de son âge

Il prend plaisir, mais il craint qu'un censeur

Des deux amants ne trouble le bonheur.

L'œil à la cage et l'oreille à la porte

Soudain il crie : Otez-vous de la sorte,

Ou dépêchez, j'entends mon gouverneur.

V

Les Deux Perdrix.

Un bas Breton, nommé Jean Mathurin,
Bon économe et se levant matin,
Avait acquis trois arpents que Pomone
Enrichissait tous les ans de ses fruits.
Tout prospérait dans ce riant pourpris
Qu'avec l'ajonc le genêt environne,

Et qui souvent sert d'asile aux perdrix.

Le villageois à l'oiseau rouge ou gris

N'avait osé faire encore la guerre,

Se rappelant que feu Jean son grand-père

Pour un lapin avait ramé cinq ans.

Mais aujourd'hui que, muni d'un port d'armes,

L'on peut chasser sans crainte des gendarmes,

Chez moi, dit-il, je tendrais aux faisans.

La nuit venue, il met des nœuds coulants;

Le lendemain, en visitant ses terres,

Il aperçoit deux perdrix prisonnières.

Sous son sarrau le fortuné chasseur

Les cache et court les porter à sa femme :

« Tiens, lui dit-il, nous allons sur mon âme

Goûter tous deux du gibier du seigneur.

— Pour que la fête aujourd'hui soit complète,

N'iras-tu point prier notre pasteur?

Reprend la femme ; il est pour nous tout cœur,

Et par delà je crois qu'il est prophète :

Il m'a promis dans neuf mois un poupon,

Et je commence à voir qu'il a raison.

S'il ne m'eût pas dit plus d'un Évangile,

Notre maison pouvait être stérile :

Pour l'inviter, allons, mets ton habit,

Cours et reviens avec grand appétit. »

Le mari part. L'active ménagère

A mis en broche, et, pour tromper sa faim,

Chante, en tournant, plus d'un joyeux refrain.

« Le rôt est cuit, et Jean du presbytère

Ne revient pas ; s'il était moins colère,

En l'attendant je mangerais ma part.

Et pourquoi non, puisqu'il revient si tard ?

Rôt qui dessèche est pour moi maigre chère. »

Marie alors débroche un des oiseaux,

Prend une cuisse, et puis l'autre, et puis l'aile;
En quatre tours l'appétit de la belle
De la perdrix n'a laissé que les os.
Point de mari. « Mais quelle indifférence
Pour ces perdreaux d'un goût si merveilleux!
Ah! si j'osais. Mais non; un seul pour deux
Ce n'est pas trop. Pour prendre patience
Suçons le cou, c'est ne faire aucun tort.
Dieu! quel fumet! oh! je me suis trompée
En choisissant. Dussé-je être frappée,
Les deux perdreaux auront le même sort. »
Ainsi fut fait, et d'un plaisir extrême
A belles dents si bien le dépeça
Que j'aurais craint même pour un troisième.

Le repas fait, le mari seul rentra :
« Notre pasteur est des bonnes parties;
Il va venir. Et nos perdrix rôties?

— Hélas ! mon homme, il n'y faut plus compter,
Un maudit chat vient de les emporter. »
A ce discours le manant incrédule
Court sur sa femme, et de son bras d'Hercule
Va l'assommer, quand celle-ci lui dit :
« Ne vois-tu pas, butor, que je plaisante ;
Entre deux plats les perdrix en l'attente
Sont près du feu ; pourquoi donc tant de bruit ?
— Tant mieux, dit-il, car par la sainte Église
Tu les payais un peu plus qu'au marché.
Çà dépêchons, que la nappe soit mise
En un moment ; je ne suis plus fâché.
Faut-il t'aider ? » Aussitôt de l'armoire
Sort à la hâte et le lin demi-blanc,
Et la faïence, et le couteau d'ivoire.

« Dis donc, mon homme, il est bien peu tranchant
Pour découper un morceau si friand ?

Va dans la cour l'aiguiser sur la pierre.

— Non, dit l'époux, je suis las et j'ai faim. »

Pour l'éloigner l'autre ayant son dessein,

Insiste et gronde. Alors Jean, pour lui plaire,

Prend le couteau : « Paix! ne nous fâchons pas,

Dit le mari, en quelque tours de meule

Je le rendrai coupant comme un damas. »

Comme il sortait le pasteur entre, et seule

Trouvant Marie, il lui prend un baiser.

Puis, caressant une taille arrondie :

« Avant neuf mois, je vous l'ai dit, ma mie,

C'est un garçon que je veux baptiser. »

L'autre, affectant une douleur extrême :

« Ne parlez plus de noce et de baptême,

Curé, car Jean dans ses lacs vous a pris :

Vous êtes mort. — Que dites-vous, commère?

Votre mari sort de mon presbytère

Pour m'inviter à manger des perdrix.
— Ah! mon ami, c'est une tromperie;
Il n'est ici ni perdrix, ni perdreau.
Jean est jaloux; voyez-vous le couteau
Que sur la meule aiguise sa furie,
C'est pour couper.... » Là s'interrompt Marie.
« Et quoi couper? » dit le prêtre alarmé.
L'autre, ayant pris indulgences de Rome
Pour bien mentir, répond : « Jean n'est armé
Que contre vous, et vous cessez d'être homme
S'il peut, dit-il, vous tenir prisonnier.
Fuyez avant qu'il monte l'escalier. »

Pâle et tremblant, sans demander son reste,
Le curé fuit, et, près du rémouleur,
En frissonnant, il glisse d'un pied leste.
« Qu'a donc à fuir ainsi notre pasteur?
Se disait Jean, et quelle est sa folie? »

Lorsqu'il entend sa femme qui lui crie :
« Arrête, Jean, arrête le voleur
Et nos perdreaux qu'à ta barbe il emporte. »

A ces mots Jean, que l'appétit transporte,
Vole après lui son couteau dans la main :
« Je les aurai, s'écriait Mathurin ;
Pour vous punir de votre gourmandise,
J'irai, s'il faut, vous les prendre à l'église. »
L'autre, qui sent le métal assassin,
Double le pas, chez lui se jette enfin,
Ferme au verrou, partout se barricade,
Et de son fort entend le camarade
Dire en fureur : « Non, non, foi de chrétien,
Si j'avais pu, je ne lui laissais rien. »
Lors, du grenier entr'ouvrant la fenêtre,
L'homme de Dieu lui répond : « Méchant traître,
De ton couteau maintenant je me ris ;

Ce que tu veux est nécessaire au prêtre :
La loi le dit. Adieu ; pour être amis ,
Plus ne m'invite à manger des perdrix. »

VI.

L'Arrêt Épiscopal.

J'aimai toujours les curés de campagne :
De cet amour j'ai sans doute hérité,
Car mon grand-père, à qui la Liberté
Avait ravi ses biens et sa compagne,
Prit la tonsure; et le bourg de Bretagne,
Qui regrettait son seigneur émigré,

Fut tout heureux de l'avoir pour curé.

Ce n'est pas lui dont ma muse s'occupe :

Quand il fut prêtre il avait soixante ans ;

Or, à cet âge on voit peu si la jupe

D'une servante a des plis séduisants.

Mais à trente ans il est bien difficile,

Même à qui veut enseigner l'Évangile,

De regarder d'un œil indifférent

Jeune fillette au teint frais, au corps gent,

Qui, pour servir, prend chez vous domicile.

A qui la faute ? au pasteur ? non vraiment :

Car après tout le pasteur n'est qu'un homme.

Le vrai coupable, à mon avis, c'est Rome

Qui, malgré lui, le force au célibat.

Sur ces coteaux dont le vin délicat

Charme les yeux par sa mousse légère,

Un jeune prêtre à l'élégant rabat

Non loin de Reims avait son presbytère.
A ses dépens chez lui vivait sa mère
Vieille et bossue. Il hébergeait aussi,
Même un peu mieux, une jeune servante,
Fraîche, jolie, et fort appétissante.
Du gros ouvrage une avait le souci,
C'était la vieille. A son ménage Annette
Avait l'esprit bien moins qu'à sa toilette.
Souvent la mère à son fils s'en plaignait;
Elle avait tort : de qui plaît tout s'excuse.
Anne, à son tour, de paresse accusait
La pauvre vieille, et le fils la croyait :
Jeune maîtresse aisément nous abuse.

A ce partage inégal des travaux
Qui suscitait tant de trouble au ménage,
Joignez encor l'article des cadeaux :
C'était bien pis; la vieille eût fait l'ouvrage,

Non sans gronder parfois entre ses dents,
Si comme Annette elle eût eu des présents :
Mais il n'était dans ceci de partage.
Jupes, bonnets, nouveaux ajustements,
Chaîne et croix d'or, tout était pour la belle ;
Pour l'autre rien. De là force querelle
Entre la mère, Annette et le curé.
Mais, lasse enfin d'un dépit ignoré,
Chez les voisins elle alla porter plainte ;
Et, leur montrant son jupon déchiré :
« Voilà mon lot ; celui d'Anne la sainte
Est différent ; mais je dirai toujours :
Honneur vaut mieux que corset de velours. »

De ces propos ayant eu connaissance,
Le fils un jour, dans un moment d'humeur,
Lui dit : « Ma mère, avec trop de licence
Vous censurez Annette et le pasteur.

Je ne veux plus au logis de censeur;
Vous l'entendez : c'est dire assez, je pense,
Que de ces lieux il vous faut déloger. »
Par la douceur une mère plus sage
Eût aisément pu conjurer l'orage,
Mais, par menace espérant le changer,
La vieille au fils répond avec malice :
« A l'archevêque, et j'en donne ma foi,
Si l'on me force à demander justice,
De votre Annette il connaîtra l'emploi.
— Eh bien, partez, dit le fils en émoi;
N'oubliez pas, dans le cours du voyage,
Ce que deux ans vous avez vu chez moi,
Vos yeux jamais n'en verront davantage. »

Du presbytère elle sort en fureur,
Arrive à Reims; le jour même elle s'empresse
De se jeter aux pieds de Monseigneur :

« Sire, dit-elle, excusez ma douleur.
Un fils ingrat, insultant ma vieillesse,
Vient, pour complaire à servante maîtresse,
De me chasser avec indignité. »
L'homme d'Église, ayant avec bonté
Tout entendu, promet d'être équitable :
« Demain, dit-il, je dois tenir les plaids;
N'oubliez pas de vous rendre au palais,
Et j'aurai soin d'y mander le coupable. »

Un archevêque était alors un roi,
Roi d'un État que Diocèse on nomme,
Dont le caprice avait force de loi,
C'était toujours caprice de saint homme;
Clerc ou laïque était humble vassal
Souvent damné dans ce monde et dans l'autre
Mais aujourd'hui sur les clercs seuls l'apôtre
Peut se servir du bâton pastoral;

Dieu soit béni! ce n'est que moitié mal.

Dans la grand'salle, au jour marqué, la mère
Entre et déjà voit aux pieds du prélat
Moines, abbés, le pasteur, le vicaire,
Hommes d'épée et gens de tout état.
Perçant la foule, elle arrive à grand'peine
Auprès du juge et lui redit tout bas,
Non sans pleurer, le sujet qui l'amène.
« C'est bon, c'est bon, ne vous éloignez pas ;
Je vous rendrai prompte et bonne justice.
Au mauvais prêtre ôtons son bénéfice,
Dit l'archevêque en fronçant les sourcils.
Femme, ayez soin, quand viendra votre fils,
De m'avertir, car je veux le suspendre. »
Ce dernier mot semble un arrêt de mort
A notre vieille. « Eh quoi! l'on voudrait pendre
Mon pauvre fils! se dit-elle ; il a tort,

Qu'il soit puni ! mais le pendre est trop fort. »
Dans le moment que la mère affligée
Songe au moyen, non plus d'être vengée,
Mais d'arracher son enfant à la mort,
Entre un chanoine à face rebondie,
Frais et vermeil, à l'air toujours riant.
Soudain la vieille à haute voix s'écrie :
« Voilà mon fils ! » L'archevêque à l'instant
Du doigt l'appelle, et, d'une voix sévère,
En plein conseil le nomme un fils ingrat.
« Est-ce en haillons qu'on doit vêtir sa mère ?
Montrant la vieille, alors qu'avec éclat
Vous habillez une indigne poupée.
Ne croyez pas que ma bonté trompée
Le souffre encore ! » ajoutait le prélat,
Quand l'accusé, que ce reproche étonne,
L'interrompant : « Depuis dix ans, Seigneur,
Ma mère est morte, et je crois que personne

Ne fut jamais fils plus tendre et meilleur. »

Puis, se tournant vers la femme bossue :

« Moi, votre fils ! je n'ai pas cet honneur,

Et ne crois pas vous avoir jamais vue.

— Quoi ! vous osez, enfant dénaturé,

Et devant moi, renier votre mère !

— Sortez d'ici, dit le juge en colère,

Je vous suspends de tout emploi sacré. »

Le chapelain, que la sentence accable,

Tombe à genoux, et, sans être coupable,

Demande grâce et feint le repentir.

« Relevez-vous, ma bonté vous pardonne,

Dit le prélat; mais il faut m'obéir.

Que votre mère infirme, douce et bonne,

Retrouve en vous un enfant généreux;

Par ses habits prouvez votre tendresse;

Et, lui rendant caresse pour caresse,

Je veux chez vous qu'elle ait des jours heureux. »

L'autre, confus, humblement se retire
Avec la vieille attachée à ses pas.
Sur son cheval il la met sans mot dire,
Se place en croupe et la tient dans ses bras.
Or le voilà qui traverse la ville
Fort tristement pour gagner son logis.
Dans la campagne il n'a pas fait un mille
Que sur la route il rencontre le fils.
Lors il l'arrête, et, selon son usage :
« Frère, dit-il, où courez-vous ainsi?
— Chez Monseigneur, dit l'autre; et ce voyage,
A dire vrai, me cause du souci.
— Je vous souhaite une bonne journée,
Reprit alors le triste chapelain.
Si j'en avais une ainsi chaque année
Il me faudrait dans peu mourir de faim.
Chez Monseigneur ce matin pour affaire
Je fus mandé : j'apprends par un confrère

Que pour punir un curé libertin
Notre prélat doit me donner sa cure ;
J'y cours gaîment. Mais, ô mésaventure !
C'était hélas ! vous ne le croirez pas,
Pour me donner cette horrible figure
Qu'il dit ma mère. En vain je me débats
Avec respect pour prouver l'imposture,
Le cardinal, qui de tous les prélats
Que Rome a faits est le plus volontaire,
Se fâche et veut me voir loger, vêtir
Comme un vrai fils cette femme étrangère.
A ce caprice, à moins d'être martyr,
Il m'a fallu sur-le-champ consentir. »

D'abord le fils, qui reconnaît sa mère,
Ne sait s'il doit ou parler, ou se taire,
Et ne peut croire un récit si plaisant.
La mère aussi, ne rêvant que potence,

Craint de trahir son secret en parlant,

Et montre au fils un air d'intelligence

Qui le rassure; il répond en riant :

« Frère, je plains beaucoup votre infortune;

Mais je puis être encor plus malheureux.

Si le prélat, de mères généreux,

Ne vous en a ce matin donné qu'une,

A moi ce soir il peut en donner deux;

Peut-être en sus aurai-je une grand'mère.

De l'aller voir je ne suis plus tenté,

J'ai toujours craint nombreuse parenté.

Mais, dites-moi, si quelqu'un, cher confrère,

Vous proposait un jour de vous défaire

De celle-ci, que lui donneriez-vous?

— S'il était vrai que quelqu'un fût jaloux

De ce bijou, ma foi, bien qu'économe,

Je vous le dis, je ne plaindrais l'argent,

Et tous les ans je baillerais la somme

De trente écus et je serais content.
— Pour moitié prix, touchez, je suis votre homme,
Répond le fils, si la vieille y consent. »
Puis vers sa mère aussitôt se tournant :
« Notre prélat s'est montré charitable
En vous donnant ce matin un bon fils ;
Mais votre état paraît si misérable
Qu'un second fils serait à mon avis
Non moins utile : acceptez le logis
D'un autre enfant qui chez lui vous emmène.
Quant aux habits n'en soyez plus en peine ;
Les quinze écus de votre fils aîné
Y pourvoiront, tout vous sera donné. »

De ce marché chacun se félicite :
Par là le fils obtenant son pardon
Voyait la paix rentrer dans sa maison ;
Et de la vieille enchanté d'être quitte,

Le chapelain, en donnant ses écus,
Disait: « J'ai vu des prêtres vénérables
Que l'on citait pour actes charitables :
Frère, aujourd'hui vous les avez vaincus. »

VII.

𝕷'𝕰pour 𝕸atinal.

CERTAIN bourgeois, ami du jardinage,
Se maria sur le retour de l'âge :
Dans son faubourg, pour meubler sa maison,
Il s'avisa de choisir un tendron
Droit comme un lis et frais comme une rose.
Le vieux mari, deux jours après l'hymen,

2.

Avant l'aurore était dans son jardin.

Quelqu'un le voit qui bêche, plante, arrose ;

Surpris de l'heure, il lui dit : « Mon voisin,

Vous travaillez aujourd'hui bien matin ? »

L'époux répond : « Eh, non ! je me repose. »

VIII.

Le Mariage de Raison.

Contre l'Hymen, sans respect pour son frère,
Pourquoi voit-on se déchaîner l'Amour?
C'est que l'Hymen fait la guerre à son tour
Au dieu charmant qui commande à Cythère.
Leur guerre, époux, se fait à vos dépens,
Croyez-le bien : et vous aussi, parents,

Qui, peu jaloux du bonheur de famille,
Sur la dot seule élevez un débat,
Et qui livrez à l'Hymen votre fille
Sans que l'Amour ait signé le contrat.

Jadis à Reims, ville en beautés fertile,
Un gentilhomme ayant terre et château
Vint chercher femme. A marier facile,
Quoique bossu, le riche hobereau
Pouvait choisir; il fit choix d'Isabeau.
Aux grands parents, gens de robe et d'église,
Il vient offrir son or et son blason;
Chacun l'agrée : et l'hymen de raison
Malgré l'Amour fut conclu sans remise.
Pourtant la belle aimait un sien cousin,
A qui l'Amour, pour monter un ménage,
N'avait donné que les grâces de l'âge,
Deux beaux yeux noirs, une peau de satin;

De châteaux point; d'écus, pas davantage.
Le choix des deux ne fut pas incertain
Pour les parents : mais fille qu'on engage
Contre ses vœux fait un juste partage :
L'un a son cœur, lorsque l'autre a sa main.
Dans leur château l'épousée accompagne
Son laid mari, qui, fier de sa compagne,
Va vivre heureux, heureux comme un mari
Qu'on ne hait pas et qui n'est pas chéri :
Ces maris-là sont communs en Champagne.
Le nôtre aimait à bien vivre chez lui,
Nombre d'amis se pressaient à sa porte.
Madame était fraîche, jolie, accorte,
Force galants s'offraient contre l'ennui.
Le jeune Armand, c'est le nom de baptême
Du beau cousin, de tous les soupirants
Était le seul qu'elle fêtât céans ;
Mais en secret : sachant dès que l'on s'aime

Qu'un mot trahit, que l'œil est un miroir.
Oh! que d'amants ont fait apercevoir
Ce que leur cœur se cachait à lui-même!
Nos amoureux, malgré leur soin extrême,
Furent surpris par Alfred de Bernain,
Officier riche, audacieux et vain,
Qui dès longtemps assiégeait Isabelle
Et qui n'obtint que refus de la belle.
Fort du secret de son rival heureux,
Il se promit d'en tirer avantage.
Lors à la dame il se plaint de l'outrage
Qu'elle lui fait en méprisant ses vœux,
Et fait serment de venger cette offense
En dévoilant sa conduite au grand jour,
Si de ses feux il n'obtient récompense.
Prise au filet, la belle eut la prudence
De partager les faveurs de l'amour.
De son côté, l'époux, sûr de sa femme,

Dormait en paix sur la foi de l'hymen.

Au feu sans crainte il aurait mis la main

Qu'elle était sage ; il eût bravé la flamme.

Sa confiance est bonne assurément ;

Je la loûrais, hors le cas seulement

Où jusqu'au bout il eût tenté l'épreuve.

Un bon mari, de même qu'un amant,

A tout hasard ne cherche point la preuve

D'un sort commun dont il se croit exempt.

Ce Champenois, tranquille en son ménage,

Reçut un jour un important message

Qui l'obligeait à se mettre en voyage.

Les adieux faits, il part. Lors Isabeau

Mande au cousin qu'elle est seule au château.

Armand s'empresse à cette voix chérie.

Les voilà seuls goûtant sans nuls soucis

Ces voluptés qui font aimer la vie :

Plaisir si doux que le dieu des houris

Avait jugé que, des biens qu'on envie,

C'était le seul à mettre en paradis.

Nos amoureux se livraient sans contrainte

A leurs ébats, quand les pas d'un coursier

Se font entendre et les glacent de crainte.

C'était Alfred, le maudit officier,

Qui, du mari sachant aussi l'absence,

Venait troubler leurs jeux par sa présence.

« Quel contre-temps ! » dit à son jeune amant

Notre Isabeau, qui déjà se compose

Pour recevoir le nouvel arrivant;

« Mais dans ma chambre évitons, et pour cause,

Que ce brutal ne te rencontre, Armand.

Dans ce boudoir cache-toi pour me plaire. »

Il obéit. Son importun rival

Pressé d'entrer, ayant mis pied à terre,

A dans la cour attaché son cheval.

Bientôt il monte, et voit la châtelaine
Qui sur sa porte accourt d'un air riant
Lui demander le sujet qui l'amène.
« Je viens, dit-il, de votre époux absent
Vous consoler. » Cela dit, il l'embrasse.
A ses baisers l'autre veut s'opposer,
Mais pas trop fort, de peur de l'offenser.
D'une autre part, le cousin l'embarrasse ;
Vers le boudoir elle a souvent les yeux.
Notre officier, en amour comme en guerre,
Qui sait combien le temps est précieux,
Poursuit sa pointe ; à son vainqueur heureux
La dame enfin se rendait prisonnière,
Quand la servante accourant à grands pas
Vient de l'époux annoncer l'arrivée.
La pauvre dame, à bon droit effrayée,
Se voit d'un coup deux amants sur les bras.
Cacher Alfred était peine inutile ;

Car son cheval ne le trahit-il pas?

Chaque seconde accroît son embarras.

Que faire? O vous qui vous croyez habile,

Ami lecteur, pour quelque méchant tour,

Qu'eussiez-vous fait? je vous le donne en mille.

A nous tromper le beau sexe est fertile;

Ne craignez rien : Isabelle et l'Amour

Vont se tirer de ce pas difficile.

« Vous seul, Alfred, lui dit la belle en pleurs,

Pouvez sauver mon honneur et ma vie;

L'épée en main, comme un homme en furie,

Sortez, disant ces seuls mots, je vous prie :

« Je saurai bien le rencontrer ailleurs. »

Bien qu'à parler mon mari vous invite,

Ne répondez que ces mots seulement,

Vous éloignant de ces lieux au plus vite.

Partez, de grâce, et sans perdre un moment;

Selon mes vœux réglez votre conduite. »

Alfred promet, sans espoir que l'Amour
Conduise à bien cette étrange aventure.

L'époux, voyant un cheval dans sa cour,
Se met déjà l'esprit à la torture.
« Eh quoi! le jour où ma femme me jure
Qu'en mon absence ici nul damoiseau
N'aura d'accès, un homme est au château! »
Ému soudain d'un trouble involontaire,
Il entre, et voit brandir hors du fourreau
L'arme d'Alfred tout rouge de colère,
Ce lui semblait; mais au jeune officier
Le vermillon venait d'autre manière.
« Que voulez-vous? » dit l'époux au guerrier
En se jetant quelques pas en arrière.
« Pourquoi cette arme? » Alfred, d'un ton sévère:
« Je saurai bien le rencontrer ailleurs. »
Sans plus répondre, il remet son épée,

Pique des deux, laissant les spectateurs
Tout ébahis d'une telle équipée.
Sur le perron, à ce bruit inouï,
Tous les valets accourus en alarme
Près de leur maître attendaient comme lui
Qu'on leur apprît d'où venait ce vacarme.
Mais celui-ci chez sa femme est monté.
« D'où vient, dit-il, qu'Alfred sort irrité?
A quel sujet? Pourquoi fuit-il ma vue?
Mais vous aussi vous êtes toute émue,
Parlez. — Hélas! ce n'est pas sans raison,
Dit Isabeau; car, dans votre maison,
Un homicide a failli se commettre.
De ma frayeur j'ai peine à me remettre. »
Elle se tait. Puis sa voix se haussant,
(Du cabinet pour qu'on puisse l'entendre) :
« Armand, hélas! que j'étais loin d'attendre,
Car mon cousin sait que même un parent

N'est point reçu quand vous êtes absent,
Pâle et tremblant arrive et me supplie
En votre nom de lui sauver la vie.
Je balançais, lorsqu'un homme en fureur
Monte en criant : Où s'est caché le traître ?
Que je le tue ! Alfred se fait connaître :
Je dois alors vous dire à son honneur
Que sa fureur, respectant ma présence,
S'est exhalée à ma porte en vain bruit,
Et, sans vouloir user de violence,
Il est parti, toujours plein de dépit.
—Votre conduite est digne de louange,
Ma femme; et certe il eût été fàcheux
Qu'un meurtre ici se commît sous vos yeux.
Mais, d'autre part, je trouve bien étrange
Qu'en mon château de Bernain ait osé
Suivre un parent qui, quelque fût sa faute,
Devait chez moi se croire en sûreté.

Mais savez-vous où s'est caché notre hôte?
— Non, dit la femme, et c'est ici pourtant
Que tout à l'heure il était si tremblant.
— Venez, cousin, croyez en ma parole,
Alfred est loin, crie alors le mari;
Vous n'avez plus en ces lieux d'ennemi. »
Par Isabelle Armand instruit du rôle
Qu'il doit jouer, sort de son cabinet,
Moins effrayé d'Alfred et son épée
Que du mari, dont la brusque arrivée
Avait failli dévoiler son secret.
« Qu'aviez-vous donc, lui dit le gentilhomme,
A démêler avec l'ami Bernain?
— Je veux mourir, lui répond le cousin,
Si je le sais. Non loin d'ici, cet homme
S'offre à mes yeux au détour d'un chemin;
Tous deux à pied, lui son cheval en main.
A de Belmont j'allais rendre visite.

Dès qu'il me voit, il s'arrête, et soudain,

Tirant l'épée, il fond sur moi : j'évite

Le coup mortel ; mais sans perdre de temps

A m'expliquer cet acte de folie,

J'ai pris la fuite ; et c'est à des parents

Que j'ai songé pour me sauver la vie.

— Dieu soit loué ! dit l'époux satisfait,

Je vois qu'Alfred vous a pris pour un autre.

Il rira bien du tour qu'il vous a fait,

Quand il saura quelle peur fut la vôtre.

— Oui, dit l'amant, mais j'ai de bons témoins

Qu'un galant homme aurait eu peur à moins. »

IX.

Le Curé Breton.

Dᴀɴs l'un des bourgs de la vieille Armorique,

Pour le clergé terre vraiment classique,

Un desservant jeune, ignorant et vain,

Plein des leçons qu'on donne au séminaire,

Était venu, muni du droit divin

De repousser tout rayon de lumière

2..

Qui paraîtrait dans ce pays lointain.

Tout capelan, formé par les bons pères,

Aime à prêcher : le nôtre en ses sermons

Mêlait comme eux les publiques affaires.

Avec amour il parlait des Bourbons,

De Don Miguel, ce roi si débonnaire,

De Ferdinand, le modèle des rois,

Dont l'Amérique a regretté les lois.

Souvent la Charte excitait sa colère,

Et, sans respect pour son auguste père,

Il l'appelait la fille du démon,

Fille en horreur à la sainte Sion,

Et, si le temps devenait plus prospère,

Fille à brûler par l'inquisition.

Les bas Bretons, rentrés dans leur famille,

Se demandaient : « Quelle est donc cette fille

Qui trouble ainsi la tête du pasteur ?

C'est, disait l'un, la fille de Baptiste
A qui son père a transmis par malheur
Ce coin de pré que fauchait un trappiste.
Ça se pourrait ; mais moi je crois plutôt
Que c'est la nièce à ce bon huguenot
Qui de Quintin a chassé la misère.
Non, répond l'autre, un saint missionnaire
L'a convertie, et depuis quelque temps
Par charité soustraite à ses parents.
Ne cherchez plus cette fille méchante
Qui du curé dérange le cerveau,
Dit un troisième ; amis, c'est sa servante :
Du presbytère elle est d'hier absente,
J'en suis certain, je le tiens du bedeau. »

Il se trompait : Annette au presbytère
Pour ses péchés gémissait prisonnière ;
Son directeur, la veille des Rameaux,

L'avait surprise à manger des gâteaux
Malgré le jeûne. « Ah! dit-il en colère,
Vous affligez l'Église notre mère;
Sachez que Dieu devient notre ennemi
Pour avoir fait une heure avant midi
Ce qu'il était, sans peur de lui déplaire,
Une heure après très-loisible de faire.
Or çà, ma fille, il vous faut expier
Ce crime énorme; il faut jeûner, prier,
Afin d'aller, l'âme épurée et blanche,
Au saint banquet participer dimanche. »
Disant ces mots, il monte à son grenier
Et met sous clef sa servante confuse.
Le lendemain pour la pauvre recluse
Jusqu'à midi force fut de jeûner.
L'homme de Dieu ne lui porte à dîner
Qu'un peu de pain, lui donnant pour excuse
Qu'il faut punir son appétit glouton.

Sur ce sujet il fait un long sermon.

La triste Annette en l'écoutant, dit-on,

Dans le pain bis marquait ses dents d'ivoire,

Et du sermon chargeait peu sa mémoire.

Le soir venu, sur un trop dur plancher

Il lui fallut sans souper se coucher.

Le lendemain, au sortir de la messe,

Le curé monte et dit à son hôtesse :

« Voici le pain qu'à son bon serviteur

Donnait jadis le corbeau du Seigneur.

La portion est aujourd'hui moins forte,

Demain encor nous la diminuerons :

Suppléez-y par le pain d'oraisons, »

Ajouta-t-il en refermant la porte.

Annette seule : « Il me fera mourir.

Non sans douleur passera la journée,

Et si demain ma pitance est bornée,

Les jours suivants que vais-je devenir ?

Oui, j'en mourrai sans avoir fait mes pâques,

Si tu ne viens en prison me nourrir,

Notre patron, bon et vaillant saint Jacques.

— Qui donc m'appelle? Annette est-ce bien toi?

Dit une voix de la fille connue.

On te disait de ces lieux disparue,

Et cet avis m'avait glacé d'effroi.

Mais, ouvre donc! — Hélas! je suis captive,

Mon cher Jacquot, dit d'une voix plaintive

La pauvre Annette, et, faute de secours,

Je le sens bien, j'étais morte en deux jours.

— Morte! dis-tu? De quelle grande offense

Notre curé veut-il donc se venger?

— Pour mon malheur, j'ai rompu l'abstinence,

Reprit la fille, et c'est par pénitence

Qu'il veut huit jours m'empêcher de manger.

— J'y pourvoirai, dit Jacquot, sois discrète,

Dès aujourd'hui ta pénitence est faite. »

L'amant joyeux court chez lui s'enfermer

Pour préparer le souper de Nannette.

Au beurre frais il a joint la galette;

Et d'un jambon, ce point est à blâmer,

Qu'on ne devait entamer que dimanche,

Le pourvoyeur prend une forte tranche,

Songeant ce soir à la décarêmer.

Lorsque Morphée, à son heure ordinaire,

Touche en passant le seuil du presbytère,

Jacquot, chargé du repas savoureux,

S'y rend sans bruit, et, prenant une échelle,

Par la fenêtre il entre chez sa belle.

Dans le désert, en faveur des Hébreux,

Quand il pleuvait un mets pétri pour eux,

Ils témoignaient leur gratitude extrême :

La faim passée, ils se moquaient de Dieu

Et de son pain, dit Moïse lui-même;

Pour le veau d'or ils lui disaient adieu.

Dans son grenier notre jeune captive,

Loin d'imiter cette nation juive,

A son repas ayant bien fait honneur,

En fut plus tendre envers son pourvoyeur.

L'amant s'en va. Seule Annette demeure,

Sans s'occuper cette fois du pasteur,

Ni de son pain qu'il vient à la même heure

Lui présenter, mais en plus faible part.

« Je l'ai, dit-il, diminué d'un quart.

— C'est trop encor, répond la pénitente,

Je sens ma faute et j'en suis repentante.

Pouvez-vous point, mon père, par pitié,

En retrancher aujourd'hui la moitié?

— Gloire à Jésus ! dit l'homme de prière,

Ma fille enfin chez vous la grâce opère. »

Elle opéra si bien avec l'amant,

Qu'Annette osa refuser nettement

Les jours suivants le pain du presbytère.

Le bon croyant bientôt ne douta plus

Qu'elle ne fût au nombre des élus,

Quand le dimanche, à la fin du carême,

Ayant remis Annette en liberté,

Il vit, au lieu d'une figure blême,

Un teint vermeil, une fraîche santé.

Il va partout en criant au miracle.

Et maint dévot, sur la foi de l'oracle,

Joint ce prodige à celui de Migné.

La sainte Annette, en ce jour fortuné,

Grâce à Jacquot, et non pas à saint Jacques,

Sans être à jeun et sans avoir jeûné,

Eut le bonheur de faire enfin ses pâques.

X.

Le Berceau.

Reims aujourd'hui ne sacre plus les rois ;
Son archevêque y perd maint bénéfice,
Le noble aussi ; mais que perd le bourgeois
S'il vend ses vins, ses draps, son pain d'épice,
Tout aussi bien et plus cher qu'autrefois ?

Sur cette place où deux fois la semaine

Le laboureur vend aux Rémois son grain,
Un épicier, nommé Jean Rigollin,
Tenait boutique. Elle était toujours pleine
De ces chalands qui l'argent à la main
Ont un souris du marchand économe.
Bientôt le nôtre, en ce facile emploi,
Avait d'écus gagné si belle somme,
Qu'il eût pu vivre ainsi qu'un gentilhomme;
Mais du travail il aimait trop la loi,
Peut-être aussi l'argent de la pratique.
Bref, Rigollin, pain-d'épicier du roi,
Contre un palais n'eût changé sa boutique.
Avec amour il prisait son état.
J'en suis surpris: trop souvent l'homme ingrat,
Heureux qu'il est, blâme sa destinée.
Dans sa maison le marchand ne comptait
Que lui qui fût de son sort satisfait.

Depuis un an le dieu de l'hyménée,

Qui va partout flairant les coffres-forts,

A l'épicier, pour prix de ses trésors,

Avait donné femme charmante, et telle

Que même à Reims la ville et ses dehors

N'en comptaient pas une qui fût plus belle.

Mais celle-ci n'avait que par devoir

Pris le mari que lui donna son père.

Son cœur trop haut souffrait d'être épicière.

Avant l'hymen, chaque jour son miroir

Lui répétait : « Quand on est si jolie,

A la noblesse il faut qu'on se marie ;

On peut sans dot épouser un marquis. »

Berthe au miroir accordait un souris.

Et l'on voulait qu'avec de tels esprits

Elle vendît aux manants la réglisse,

Le savon noir, la mélasse ou l'empois ?

Non, non, jamais. Aussi ses jolis doigts

Ne faisaient pas même un cornet d'épice.

Le bon époux, au gré de son caprice,

La laissait vivre à sa maison des champs

Que près de Reims il fit bâtir pour elle.

Chaque dimanche, avec amis, parents,

Il s'y rendait et prenait du bon temps.

Mais le lundi, toujours aussi fidèle

A son devoir qu'il l'était au plaisir,

De chez sa femme on le voyait sortir

Avant le jour, pour être à sa boutique

A l'heure même où s'ouvre la fabrique.

De Berthe alors il n'avait nul souci :

Tout occupé de sucre et de cannelle,

Il oubliait que femme jeune et belle

Dans un désert a des moments d'ennui.

L'ennui n'est point un mal imaginaire ;

Car trop souvent, à la beauté contraire,

Il lui ravit les roses de son teint.

Peut-on blâmer la femme qui s'ennuie

D'ouvrir sa porte au joyeux médecin

Dont le remède, en dépit de l'hymen,

Doit la sauver de cette maladie?

Chacun connaît ce docteur, c'est l'Amour,

Qui peut guérir plus de maux en un jour

Que Gallien n'a pu faire en sa vie.

L'Amour vit Berthe, et Berthe fut guérie.

Tous les matins, par ordre du docteur,

Le jeune Alfred vient lui rendre visite.

Dès ce moment le désert qu'elle habite

Est à ses yeux un séjour enchanteur.

Tout lui sourit, hors un jour par semaine:

C'était celui qu'avait choisi l'époux;

Mais le plaisir que son amant ramène

Les autres jours n'en était que plus doux.

Jean n'avait pas jusqu'ici connaissance

Du changement qui s'était fait chez lui;
Il ignorait la joyeuse ordonnance
Que le docteur donnait contre l'ennui.
Son ignorance a droit de te surprendre,
Lecteur? Tu sais qu'à la ville, en tous lieux,
Les amoureux, alors qu'ils sont heureux,
Contre l'envie ont peine à se défendre.
Berthe bientôt l'eût appris sans l'Amour
Qui prudemment, contre son ordinaire,
Leur défendit les visites de jour.
Lors on convint d'agir avec mystère,
Et que la nuit, l'époux absent, l'amant
Viendrait frapper trois coups légèrement,
Et qu'aussitôt Berthe ouvrirait la porte.

Depuis un mois tout au mieux de la sorte
Allait aux champs, quand l'amant étourdi,
Qui sur sept jours n'en a qu'un d'abstinence,

Se trompe, et vient avec grande assurance

Frapper la nuit du dimanche au lundi.

Minuit sonnait : Jean, dans son premier somme,

Dormait. La femme, à côté du bonhomme,

Dormait aussi, comme aussi leur enfant

Dont le berceau près d'eux est attenant.

Alfred, qui veille et grelotte à la porte,

Maudit Morphée, et veut que le dieu sorte

De ce logis pour y pouvoir entrer.

Avec humeur il commence à frapper,

Et fait si bien que Berthe enfin s'éveille.

« Dieu ! je l'entends, c'est lui, c'est mon amant ;

Vit-on jamais imprudence pareille ?

S'il frappe encore, il va réveiller Jean ;

Tout est perdu. » Pendant que l'épicière

Se désolait, le soldat de Cythère,

Qui dans ce fort avait cru de plein saut

Pouvoir entrer, va pour livrer l'assaut,

Quand du logis une voix douce et claire

Se fait entendre : un lit qu'on agitait

Bat la mesure ; il écoute, on chantait :

    « Dors, mon fils, pendant que ta mère

    Par ses chants va chasser l'esprit.

    Il devrait savoir que ton père

    Le dimanche est ici la nuit.

        Esprit, pour me plaire,

        Ne fais pas de bruit ;

        L'oiseau de Cythère

        Demain fait son nid. »

« Femme, dit Jean que la chanson réveille,

Que dis-tu donc ? — Paix, mon mari, dormons,

Répond la femme. A mes folles chansons

Faut-il aussi que vous prêtiez l'oreille ?

C'est malgré moi que je chante aujourd'hui,

Vous sachant là ; mais celui que je veille

M'en saura gré, j'ai calmé son ennui.

Dormons. » L'amant, pour qui chaque parole
Avait un sens plus clair que pour l'époux,
Voit son erreur, maudit sa tête folle,
Et, de ces lieux fuyant à pas de loups,
Il rendait grâce à sa belle maîtresse
Qui l'avait su tirer d'un mauvais pas :
Même une Agnès, pour sortir d'embarras,
A dans son sac plus d'un tour de finesse.

Le lendemain, l'esprit qui court la nuit,
Fidèle à l'heure, était chez l'épicière,
Et, dans ses bras, il chantait au petit :
  « Enfant, pour me plaire,
   Ne fais pas de bruit;
   L'oiseau de Cythère
   Ici fait son nid. »

XI.

𝕷'𝕰nfant 𝕴ntrépide.

L'on peut, sans être astrologue ou devin,
Dans un enfant reconnaître un grand homme;
Et c'est sans doute à quelque trait divin
Qu'on vit un pape en un pâtre de Rome.
Le ciel chez eux met le germe, en naissant,
D'un feu sacré qui va toujours croissant,

Et jeune encor montre son origine.
C'est à douze ans, d'une voix enfantine,
Mieux qu'un docteur que Jésus-Christ prêchait,
Sur un canon Turenne enfant dormait.

Devers l'époque où pour sa tragédie
La France en scène a mis tant de héros,
Certain curé d'un bourg de Picardie
Sous sa ferrule avait quelques marmots
Qu'il destinait à l'honneur d'être prêtres,
État fort bon chez nos dévots ancêtres.
Dans ce projet, levé de grand matin,
Toujours fidèle à l'ancienne routine,
Il s'efforçait à coups de discipline
De faire entrer dans leur cerveau mutin
Cinq ou six mots de la langue latine.
A cette étude il joignait le plain-chant.
Hors ces travaux, disons que chaque enfant

Était heureux. Une nièce, servante

D'humeur égale, active, bienveillante,

Sur leurs besoins a toujours l'œil ouvert ;

Bon lit, bon vivre, et parfois au dessert

Un plat sucré leur fait bénir Jeannette.

Ils l'aimaient donc : la joie était complète

Quand le dimanche à leurs plaisirs d'enfants

Elle mêlait sa gaîté de seize ans.

Notre pasteur, un jour qu'à la grand'messe

Plusieurs s'étaient surpassés au lutrin,

Après dîner, pour complaire à sa nièce,

Dit qu'on prendra le dessert au jardin.

Grande est la joie : on s'arme de corbeilles,

En gambadant l'on arrive au verger.

C'était le mois où le vert cerisier

Charme les yeux de ses boules vermeilles.

Chacun de l'arbre embrassant les contours,

Fait pour grimper un effort inutile;

Quand d'une échelle empruntant le secours,

Sur les rameaux Jeanne a pris domicile.

Aux écoliers soudain sa main agile

Jette au hasard le fruit tant désiré.

Mais les plus mûrs sont pour notre curé,

Qui, sous la branche où va se percher Jeanne,

Les yeux en l'air, a tendu sa soutane.

Après le fruit, comme un oiseau léger,

Dans le feuillage on la voit voltiger.

Mais de son arbre enfin la ménagère

En descendant s'accroche et montre au jour

Ce qu'une fille, encore avec mystère,

Ne montre point, si ce n'est à l'Amour.

A cet aspect, d'une voix de tonnerre,

Le curé crie : « Enfants, baissez les yeux,

Ou vous perdez la lumière des cieux. »

Tous aussitôt ont le front contre terre :

Mais le plus grand, loin d'imiter chacun,
Fermant un œil, répond : « Moi, j'en risque un. »
Et, sans pâlir, bravement il vous lorgne
L'endroit fatal qui doit le rendre borgne.

Il suffira sans doute à mon lecteur
De ce seul trait, pour reconaître un cœur
Qui n'est pas né pour l'office de prêtre,
Mais qui, de Mars à vingt ans compagnon,
Dans cent combats, en dépit du salpêtre,
Saura braver la bouche du canon.

XII.

Le Choix d'une Messe.

En chaire un jour monte un prédicateur ;
C'était le jour de Sainte-Madelaine.
Sur ses péchés longuement il se traîne,
Péchés d'amour honnis par l'orateur.
« Le repentir enfin toucha son cœur,
Dit le curé ; pécheurs et pécheresses

A son autel faites dire des messes
Si vous voulez ainsi qu'elle obtenir
Du Dieu clément le don du repentir.
Vous, jeune fille, innocente et pucelle,
A son autel la Vierge vous appelle :
Sondez-vous donc, et dites-moi tout bas
Auquel des deux je dois porter mes pas. »
Lors il descend. Pendant qu'il fend la presse,
Une fillette aux yeux bleus, au corps gent,
De lui s'approche, et, d'un air innocent,
L'argent en main, lui demande une messe.
« Est-ce à la Vierge ? — Oh! oui, certainement,
Monsieur, dit-elle. — Excusez, mon enfant,
Sur cet article il faut qu'on vous prévienne
Que bien souvent la Vierge prend en haine
Et punit fort jeune fille qui ment. »
La belle alors, par le bras l'arrêtant :
« Dites aussi deux mots à Madelaine. »

XIII.

L'Amant Crucifié.

Si je visite une ville inconnue,
Je vais à pied et promène ma vue
Sur l'écriteau qui me nomme en passant
Le pont, la place, ou l'impasse ou la rue.
Ce nom pour moi n'est pas indifférent :
Car si l'un d'eux rappelle à ma mémoire

Un écrivain, un sage, une victoire,

Leur souvenir me récrée en marchant.

Mais de nos saints la longue litanie,

Patrons chéris de vos dévots aïeux,

Ont des passants trop fatigué les yeux;

Donnons leur place aux talents, au génie.

Pluche, Colbert, d'Ablancourt et tant d'autres,

Reims, de ta ville orneraient un quartier

Mieux que saint Loup, saint Gille ou les apôtres.

De tes savants fais un calendrier,

Voilà mes saints. Que l'une de tes plaques

Aux étrangers nomme les frères Jacques,

Ils salueront les rivaux de Goujon;

Salueront-ils saint Jacque leur patron?

— Ces deux Rémois sur la place Saint-Pierre

Avaient chacun leur modeste atelier.

L'aîné prit femme et n'eut point d'héritier.

L'autre voulant, s'il se peut, être père,
Sans à l'Hymen livrer sa liberté,
Chargea l'Amour de régler cette affaire :
Ce dieu lui fit présent d'une beauté
Dont un prélat se serait contenté.
Neuf mois après, la belle, avec mystère,
Donna le jour à la jeune Isabeau,
Fille en tout point ressemblant à sa mère.
Ce bel enfant mit sa mère au tombeau.
Jacque longtemps en fut inconsolable.
Chez les époux le deuil a quelques pleurs,
Chez les amants il est vif et durable;
Isabeau seule allégea ses douleurs.
Il la voyait, dès ses jeunes années,
Dans l'atelier rire, jaser, grandir,
Et sous ses yeux occuper ses journées
A se créer quelque nouveau plaisir.
Lui, se jouant des marteaux et des limes,

Changeait en pierre et la Vierge et les saints;

C'était merveille : et déjà les minimes,

Les cordeliers et les dominicains

De saints de marbre avaient peuplé leurs niches.

Les capucins, plus humbles ou moins riches,

Se contentaient de les avoir en bois.

Il fit pour eux le Dieu mort sur la croix,

Et ce chef-d'œuvre attira la pratique

Aux capucins aussi bien qu'au sculpteur.

Dès ce moment chaque couvent se pique

D'avoir un christ aussi beau que le leur.

De crucifix Jacque tenait boutique

Pour tous les prix et de toute grandeur.

Les plus petits amusaient Isabelle;

L'enfant Jésus couchait souvent près d'elle,

C'était pour elle un vrai jouet d'enfant.

De ses chiffons elle habillait la Vierge,

Sans se douter qu'un jour dévotement

A sa poupée elle offrirait un cierge.

Chaque âge amène en nous un changement :

Fille à cinq ans ne veut qu'une poupée ;

Coudre et broder sont ses jeux à dix ans ;

Mais l'âge arrive où des joujous d'enfants

Fille ne peut avoir l'âme occupée.

Parents, veillez sur cet objet charmant :

D'un léger bruit votre oreille est frappée ?

N'en doutez point, courez, c'est un amant.

Mais contre lui blanchira votre épée,

Il en rira ; l'Amour est contre vous.

Dans ce danger, prenez vite un époux,

C'est, croyez-moi, le parti le plus sage.

Notre Isabelle avait atteint cet âge

Où le parler de l'Amour est si doux.

Le père encor ne cherchait point un gendre :

A ce devoir tard il se voulait rendre ;

Sur cent maris croyant avec raison

Que, par hasard, il s'en rencontre un bon.
Mais pour amant, sans consulter son père,
La fille avait fait choix d'un écolier,
Non de ceux-là qu'on mène à la lisière;
Le sien était un jeune bachelier,
Maître en amour et cherchant écolière.
Edmond, logé vis-à-vis l'atelier,
N'eut pas plutôt aperçu notre belle,
Qu'un doux regard, lancé par Isabelle,
Est renvoyé par les yeux amoureux
Du bachelier. De là double incendie.
Or, les voilà qui tourmentent leur vie
Pour se brûler encor de plus de feux.
Soir et matin l'amant à sa fenêtre
Se désolait tant qu'il n'eût vu paraître
A son balcon celle qui de son mieux
Lui renvoyait caresse pour caresse.
Les jours de fête étaient jours plus heureux.

L'un près de l'autre assis pendant la messe,
L'office entier ils marmottaient tout bas
Propos d'amour que l'on n'entendait pas :
Jacque eût juré qu'ils disaient leurs prières.
Ces doux moments ne leur suffisaient guères :
Que deux amants aient pour parler d'amours
Des mois entiers, ces mois seront trop courts.
Ceux-ci n'avaient qu'une heure par semaine,
Rarement plus, à moins que le doyen
D'un long sermon n'allongeât l'entretien.
D'une autre part la contrainte et la gêne
Dans le saint lieu déterminent l'amant
A demander qu'Isabeau lui permette
De l'aller voir, alors que Jacque absent
Tous deux pourraient se parler librement :
« Les crucifix que chez vous on achète,
Lui disait-il, ont la langue discrète ;
Au lieu qu'ici je ne vois que des gens

Qui plus dévots n'en sont que plus méchants,

Et je les crains par-dessus toute chose. »

Notre Isabelle, à ce qu'on lui propose,

Consent enfin, de peur des médisants.

Jacque souvent s'absentait, et la belle

A son amant qui faisait sentinelle

Ouvrait la porte, et plus ou moins longtemps

L'Amour était le maître de céans.

C'était à qui parmi les deux amants

Aurait pour lui le plus d'obéissance.

Qui suit ses lois et qui l'a pour conseil,

Goûte un bonheur à nul autre pareil;

Mais il n'est pas le dieu de la prudence :

Tout au rebours il ne redoute rien,

Et des amants est fort mauvais gardien.

Un soir qu'Edmond et la jeune écolière,

Le père absent, prenaient une leçon

Du dieu charmant qui commande à Cythère,

Jacque à grand bruit fait gémir la maison.

« Dieu ! c'est mon père. Où vous cacher, Edmond ?

Ah ! s'il vous voit, redoutez sa colère,

Elle est terrible. » A ces mots, le marteau

A de trois coups retenti de nouveau.

« Sèche tes pleurs, ô ma chère Isabeau !

S'écrie Edmond : cours ouvrir à ton père,

Dans l'atelier je vais me mettre en croix.

Parmi les christs il ne saura dans l'ombre

Me reconnaître ; un de plus dans le nombre

Importe peu. Cette nuit, à ta voix,

Je veux sans bruit que l'un d'eux ressuscite.

Mais le temps presse, à ton père ouvre vite ;

Donne avant tout un baiser, et je cours

Parmi les christs rendre grâce aux amours. »

Tout en parlant l'amant se déshabille,

Et, sous sa croix cachant son mobilier,

Prend place au fond de l'obscur atelier.

La porte s'ouvre : «Eh! pourquoi donc, ma fille,

Tardez-vous tant? dit Jacque avec humeur.

Que vont penser notre abbesse et sa sœur

Que vous laissez comme moi dans la rue

Une heure entière à faire le pied de grue?

Il se fait nuit; prenez un chandelier

Et conduisez nos sœurs à l'atelier.

Voici ma sœur l'abbesse carmélite

Qui veut un christ. » La fille est interdite

A ce discours ; mais, crainte de soupçon,

Elle obéit en priant pour Edmond

Et maudissant l'abbesse et ses emplettes.

Celle-ci donc, ayant mis ses lunettes,

Dans l'atelier entre avec Isabeau.

Voilà nos sœurs promenant le flambeau

Sur tous les christs; nul n'échappe à leur vue.

Il faut choisir ; et déjà mainte fois

Chacune avait, sans pouvoir faire un choix,

Des crucifix fait la sainte revue,
Lorsqu'en un coin, un christ mis à l'écart
De la novice a frappé le regard.
« Venez, ma mère, approchez la lumière
De celui-ci, voilà bien votre affaire.
Comme il est beau ! que son visage est doux !
C'est là le dieu qu'il faut au monastère.
Je vous réponds que chacune de nous
Dévotement lui fera sa prière. »
L'abbesse ayant, sur l'avis de sa sœur,
Examiné le corps et la figure
Du jeune Christ, appelle le sculpteur :
« Ceci, dit-elle, est beau comme nature,
C'est un chef-d'œuvre, et qui vous fait honneur ;
Mais il est nu : vous auriez dû, mon frère,
Mettre à mi-corps un léger vêtement.
Je l'aurais pris s'il eût été décent. »
Jacque, étonné, s'approche et considère

Le pauvre amant qui contrefait le mort.
« C'est vrai, dit-il, je confesse mon tort;
Quand je l'ai fait j'avais trop bu, je pense;
Mais mon ciseau, pour nous mettre d'accord,
Aura bientôt corrigé l'indécence. »
Disant ces mots il s'armait d'un ciseau,
Lorsque le Christ, que la peur ressuscite,
Debout se lève et soudain prend la fuite.
En se sauvant il éteint le flambeau,
Et, grâce à l'ombre, échappe sans obstacle.
Dans leur effroi, nos deux sœurs à genoux
Ne cessaient point de crier au miracle.
« Miracle, soit, dit le père en courroux,
Mais, Isabeau, ce miracle m'éclaire;
Comme nos sœurs mettez-vous en prière,
Et dès demain je vous cherche un époux.

XIV.

Le Scrupule d'un Comptable.

Un caporal, un jour à la taverne,
Après avoir en comptable loyal
Fait le décompte à ceux dont la giberne
Porte, dit-on, bâton de maréchal,
Dit au dernier : « Conscrit, buvons rasade,
Et puis comptons tous les deux et sans bruit.

3...

Neuf avec six font quinze et trois dix-huit ;

Je pose huit... Tout autre, camarade,

Retiendrait un ; moi je ne retiens rien ;

Prends tes huit sous.—Grand merci, mon ancien,

Dit le conscrit ; pour compter, l'heureux grade

Que caporal ! —Va, dit l'autre joyeux,

Notre major sait compter encor mieux. »

X V.

Le

Prédicateur

Ennemi de la Foule.

En chaire, un jour, certain prédicateur [1],
A vingt dévots pour lesquels il s'enroue,
Disait : Je veux que monsieur Bourdaloue,
Qui, l'an dernier, a touché votre cœur,

[1] Le prédicateur d'Harrouis, prêchant dans la cathédrale de
Rouen.

Pour ses sermons mérite qu'on le loue;

Mais l'orateur véhément et pieux

N'en mit pas moins le désordre en ces lieux.

Pour l'écouter, et la mère et la fille

Abandonnaient le ménage et l'aiguille;

Le magistrat désertait le palais;

Et le marchand, contre ses intérêts,

A leur exemple avait clos sa boutique.

Que vous dirai-je? Enfin sous ce portique

S'entre-poussait tout un peuple en émoi.

Mais cette année il est bien doux pour moi,

Malgré l'envie obstinée à me mordre,

D'être certain que chacun est chez soi,

Et qu'à ma voix tout est rentré dans l'ordre.

XVI.

L'Agilité.

———◦◦◦———

Madame Alix, jeune et belle fermière,

En s'élançant sur un trop haut coursier,

Fit voir à Jean, qui tenait l'étrier,

Ce qui pour lui devait être un mystère.

Il en riait : quand la leste beauté,

Croyant que l'autre admire son adresse :

« Que dis-tu, Jean, de mon agilité?
L'as-tu bien vue? — Oh! oui, notre maîtresse,
Répond le gars, et très-bien, Dieu merci!
Mais j'ignorais qu'on l'appelât ainsi. »

XVII.

𝕷𝖊 𝕱𝖆𝖚𝖈𝖔𝖓.

Ducs et marquis peuplaient jadis leur cour
De damoiseaux, enfants de haut lignage,
Qui d'obéir faisaient l'apprentissage
Pour mériter de commander un jour.
Dans les combats, près du seigneur, le page
N'avait qu'un maître ; au château de retour,

Ce serviteur, au cœur jeune et novice,
Passait les jours dans un double service,
Pour second maître ayant encor l'Amour.
Ce maître-là souvent a maint caprice,
Il est fantasque, impérieux, grondeur,
Mais de sa bouche un seul mot de douceur
Fait oublier l'humeur et l'injustice.
Oh! qu'il est doux cet âge du bonheur!
Je l'ai passé ce temps de l'esclavage :
Mais en lisant cette histoire d'un page,
Ainsi que moi peut-être mon lecteur
Se souviendra des jours de son jeune âge.

Avant d'entrer sur le sol champenois,
Le voyageur, qui de Soissons chemine
Aux murs de Braîne, admire la colline
Qui porte encor, au milieu de ses bois,
D'un vieux château l'imposante ruine.

C'était toujours sur le sommet des monts
Que se nichaient, ainsi que des aiglons,
Ces fiers barons qui partageaient la France.
Dans ce donjon que le temps a noirci,
Un descendant de nos Montmorency
Sous Henri deux fixa sa résidence.
Jamais seigneur n'aima plus la dépense :
Tout s'y trouvait, chevaux, meutes, faucons,
Jeunes beautés et jeunes échansons,
Tous les plaisirs des champs et de la ville.
Notez encor qu'à ses désirs facile
L'Hymen avait conduit dans ce séjour
Femme accomplie, et telle que l'Amour
Soir et matin l'enviait à son frère.
Mais la duchesse, à tout amant contraire,
N'aimait personne, excepté son époux.
Ce n'était pas une tendresse extrême :
Chacun de nous sait comme en France on aime,

Après un an, le mari le plus doux.
Le petit dieu qui commande à Cythère
S'en courrouçait et brûlait de ses feux
Un jeune page aussi beau qu'amoureux,
Faisant sur lui retomber sa colère.

Depuis six mois, en secret consumé,
Le pauvre amant à cet objet aimé
N'avait osé parler de sa souffrance :
« Est-il mortel plus malheureux en France?
Dit-il, je meurs, et crains d'avoir recours
Au médecin qui peut sauver mes jours.
Et pourquoi craindre? En rompant le silence,
L'aveu des maux que souffre un malheureux
Peut amollir ce cœur trop orgueilleux. »
Prêt à parler, notre jeune amoureux
N'attendait plus que le moment propice.
Ce moment vint : l'Amour, toujours complice,

Quand il s'agit de tromper un époux,
A d'un tournoi fixé le rendez-vous.
Le duc s'y rend en pompeux équipage;
Mais Lusignan, c'était le nom du page,
Au premier vent qu'il a de ce départ,
Se met au lit et feint d'être malade.
Il fallait voir vraiment avec quel art
Il sanglottait à chaque camarade
Qui le plaignait au moment des adieux.
La troupe armée est déjà loin des yeux.

Après deux jours de feinte maladie,
Il est debout et court plein de santé;
Je faux : le mal qui tourmente sa vie
Est trop réel, quoique la Faculté
Parmi ses maux ne l'ait jamais compté.
Ce doux moment après lequel le page
Tant soupirait, l'heure enfin de parler

Sonne au château : le voyez-vous voler
Jusqu'à la porte, et là, perdant courage,
Sans voir sa dame à pas lents s'en aller.
Mais à son sort l'Amour qui s'intéresse
Le pousse un jour jusque chez la duchesse.
Elle était seule : et Lusignan tremblant
A sa pâleur semble un convalescent.
Avec bonté la dame à côté d'elle
Le fait asseoir, et lui témoigne un zèle
Propre à calmer l'effroi du pauvre amant.
Le vermillon reparaît sur la joue
Où la duchesse a promené sa main :
« Votre santé, dit-elle, je l'avoue,
Depuis longtemps me cause du chagrin.
Cet air rêveur plus encor m'inquiète :
N'auriez-vous pas quelque peine secrète ?
Dites-le moi. Votre âge aime les jeux,
Vous les fuyez ; et malgré ma défense,

Seul à l'écart évitant ma présence,

Dans ce château vous vivez en chartreux.

Parlez sans feinte. » Heureux d'ouvrir son âme,

Le page dit : « Votre bonté, madame,

Me touche au vif. Un ami malheureux

Le jour, la nuit occupe ma pensée.

Depuis six mois il aime éperdûment

Une beauté : mais ce timide amant

Dès qu'il la voit a la langue glacée,

Et n'ose point parler de son tourment.

Que doit-il faire? ah! j'en ai l'assurance,

Il va mourir, s'il s'obstine au silence.

— Mon avis est, dit la dame aussitôt,

Pour le guérir de son double délire,

Celui d'aimer et de n'oser le dire,

Qu'il aime ailleurs, ou qu'il parle au plus tôt.

— Aimer ailleurs? Oh! non; celle qu'il aime,

Reprit le page, est trop belle à ses yeux :

Taille divine, air noble et gracieux,
Si je l'en crois c'est une autre vous-même :
Mais elle est fière, il a craint son courroux.
—Vaine frayeur, repartit la duchesse,
Car le parler de l'amour est si doux
Que votre ami de sa belle maîtresse
Aura merci, j'en ferais la promesse.
—Eh bien, je suis cet ami malheureux,
Dit Lusignan, et vous devez, madame,
Me pardonner si mon cœur amoureux
Ose à genoux vous déclarer sa flamme.
Si mon amour peut offenser votre âme,
Je suis coupable, ordonnez de mon sort;
J'attends ma grâce ou l'arrêt de ma mort. »
A ce discours la noble châtelaine
Soudain se lève, et d'une voix hautaine
Commande au page à l'instant de sortir.
« Bientôt le duc aura fait son voyage :

Mon premier soin sera de l'avertir
Du zèle ardent que lui montre son page.
Sortez, dit-elle, et ne paraissez plus.
— Vous obéir, dit Lusignan confus,
Fut et sera toujours ma loi suprême.
Si, malgré moi, par un fatal aveu,
J'ai pu blesser celle que mon cœur aime,
De la venger je prendrai soin moi-même :
Dans quelques jours vous me plaindrez; adieu. »

Disant ces mots, il quitte la duchesse,
Se met au lit, et forme le dessein
De fuir le jour et de mourir de faim ;
Deux jours entiers, fidèle à sa promesse,
L'amant s'obstine à pleurer et jeûner.
D'abord la dame avait de badinage
Traité ce vœu : mais enfin son courage,
Qui va croissant, commence à l'étonner.

Dans le château la prompte renommée
A publié que, du tournoi vainqueur,
Le duc revient, escorté d'une armée
De chevaliers témoins de sa valeur.
Avec fracas déjà le pont s'abaisse
Pour l'écuyer qui vient à la duchesse
De son époux annoncer le retour.
L'ordre est donné de fêter ce grand jour.
Lusignan seul dans ce séjour ne veille
Que pour pleurer, quand au pied de son lit
Une voix douce a frappé son oreille :
A cette voix le page tressaillit;
Il se soulève, et, voyant sa maîtresse :
« Mes yeux, dit-il, ne me trompent-ils pas ?
Eh quoi! j'aurais, aux portes du trépas,
Le doux plaisir de vous revoir, duchesse!
— Cessez, dit-elle, un discours qui me blesse,
Je vous l'ai dit. Lusignan, levez-vous!

Venez servir aujourd'hui mon époux ;
Nous l'attendons. Je tairai vos offenses,
Si le devoir ainsi que mes instances
Peuvent enfin vous rendre à la raison. »
En soupirant.le page lui répond :
« Combien ! madame, à mon cœur il en coûte
A tous mes torts de joindre un tort nouveau !
Bientôt la mort, qui creuse mon tombeau,
Mieux que le duc vous vengera sans doute :
Mais laissez-moi me flatter en mourant
Qu'au souvenir du plus fidèle amant
Vous daignerez accorder quelques larmes. »
De Lusignan la voix pleine de charmes,
Cette pâleur, gage de son amour,
Ses traits charmants, son respect, sa jeunesse,
Tout conspirait à vaincre la duchesse,
Quand la trompette a du haut de la tour
De son époux proclamé le retour.

Elle descend, et court à la grand'porte
Fêter le duc et sa brillante escorte.

L'on a servi : nos joyeux chevaliers
De vin mousseux arrosent leurs lauriers.
Le duc en vain des yeux cherchait son page.
Le repas fait, lorsque pour le jardin
Chacun quittait la salle du festin,
La dame à part prend le duc et l'engage
A visiter le page qu'il chérit.
« J'y vais aller, dit-il, car son absence
Tout le dîner occupait mon esprit. »
Chez lui tous deux montent en diligence.
Le duc, frappé de l'extrême pâleur
De Lusignan, sur son mal l'interroge.
L'autre d'abord se répand en éloge
Sur les bontés qu'a pour lui son seigneur;
Et puis, mettant une main sur son cœur :

« Tout est fini; la douleur qui m'oppresse

Je le sens bien, ne se peut soulager.

— Duc, il vous trompe, interrompt la duchesse;

Çà, Lusignan, avant que je confesse

La vérité, promettez de manger.

— Vous obéir fut toujours mon envie,

Mais à manger je ne puis consentir.

— Eh bien, sachez, il faut que je le die,

Que le jour même où vous deviez partir

Son mal n'était que feinte maladie.

Que dans ma chambre entrant le lendemain.....

— Dans votre chambre ! et qu'y venait-il faire ?

— Vous le saurez ; Lusignan, pour me taire,

Répondez-moi, mangerez-vous enfin ?

— Un jour de plus qu'importe que je vive,

Dit Lusignan, ma blessure est si vive

Que sans miracle on ne peut la guérir :

Laissez en paix un malheureux mourir. »

Par tant d'amour la dame est attendrie;

Son but était d'effrayer Lusignan,

Et, s'il se peut, de le rendre à la vie

Sans consentir aux vœux de son amant.

Mais tout à coup, changeant de sentiment:

« Duc, apprenez, puisqu'il faut vous le dire,

Que Lusignan voulait votre faucon.

A ce dessein j'opposai la raison;

Mais sur le page elle n'eut point d'empire,

Et depuis lors ce jeune damoiseau

S'en va mourir s'il n'obtient votre oiseau.

— Quoi! dit l'époux, ce n'est que ça, madame;

J'en aurais cent qu'à mon cher Lusignan

Il eût fallu les donner sur-le-champ.

De ce refus mille fois je vous blâme.

— Vous l'entendez, Lusignan, levez-vous,

Je vous promets l'oiseau de mon époux. »

De Lusignan figurez-vous l'ivresse,
Ami lecteur, quand la bonne duchesse,
Peut-être moins pour tenir sa promesse
Que par amour, lui fit le lendemain
Don de l'oiseau dont il avait si faim.

FIN.

BIBLIOTHÈQUE ROYALE
1

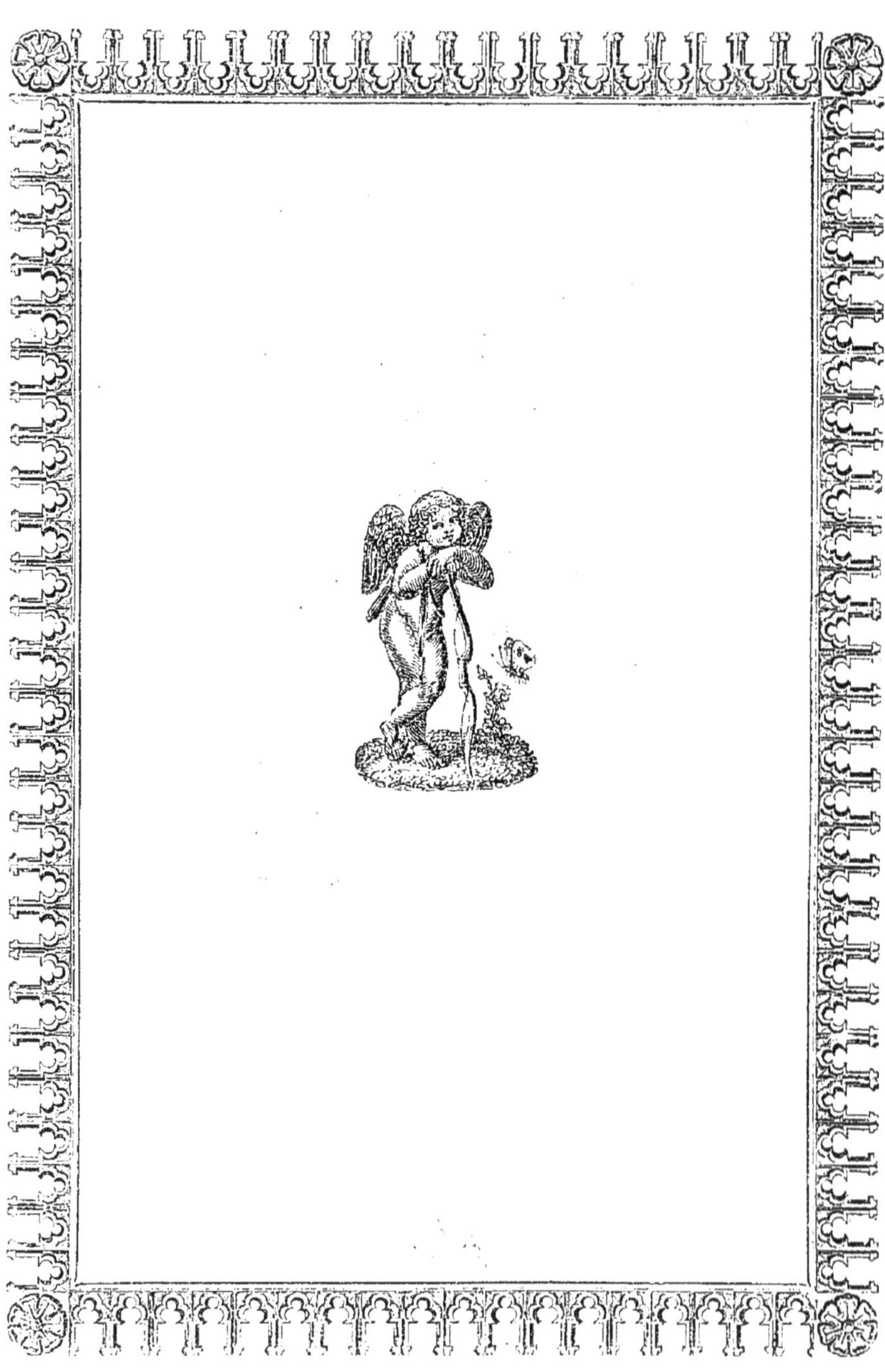